OVERLORD
Episode:14
»EINHER-JER«.
DAS DOPPEL KANN ZWAR KEINE MAGIE ODER FÄHIGKEITEN EINSETZEN...
... BESITZT JEDOCH DIE GLEICHEN CHARAKTERWERTE WIE SHALLTEAR...
ZWEI GEGNER AUF STUFE 100 GLEICH-ZEITIG...
SIEHT SCHLECHT AUS.

OVERLORD
Original Story:
Kugane Maruyama
Art:
Hugin Miyama
Character Design:
so-bin
Szenario:
Satoshi Oshio
Episode:14

OVERLORD

5

Original Story:
Kugane Maruyama

Art:
Hugin Miyama

OVERLORD

5

Original Story:
Kugane Maruyama

Art:
Hugin Miyama

Character Design:
so-bin

Comic Szenario:
Satoshi Oshio

Zusammenfassung von Band 4

Momonga, die Hauptfigur dieser Geschichte, war ein Spieler des einst beliebten DMMO-RPGs »Yggdrasil«, wo er die Rolle des Gildenmeisters von »Ainz Ooal Gown«, einer der mächtigsten Gilden im Spiel innehatte. Aber am Tag des Serverabschaltung wurde Momonga mit seiner Gilde in eine fremde Welt katapultiert, wo er den Namen Ainz annahm. Er hatte die Hoffnung, dass er auf diese Weise ebenso in diese Welt transferierte Gildenmitglieder finden könnte. Um irgendwann mit seinen alten Kameraden wiedervereint zu werden, begann er mit der Eroberung der fremden Welt.
An erste Stelle setzte Ainz das Sammeln von Informationen in der neuen Welt. Doch zunächst beauftragte er Shalltear, eine der Beschützerinnen von Nazarick, im Umgang mit Waffen und Magie erfahrene Personen einzufangen.

Als Adelige verkleidet, schlich sie sich zusammen mit Sebas und Solution in E-Rantel ein. Wie vorab geplant, ließen sie sich dort von Banditen überfallen.

Die Banditen wurden in wenigen Sekunden von Shalltear besiegt, während ein Teil von ihnen noch Unterschlupf in einer Höhle suchte. Der erfahrene Kämpfer Brain, der dort schon auf sie wartete, war schnell besiegt. Leider geriet sie während des Kampfes in einen Blutrausch und verlor so ihr eigentliches Ziel aus den Augen. Kaum hatte sie bemerkt, dass es ihr entkommen war, wurde sie auf eine mysteriöse Gruppe starker Kämpfer aufmerksam, die sich ihr näherte. Obwohl sie sich tapfer wehrte, verlor sie dabei die Kontrolle über ihren Geist.

Als Ainz erfuhr, dass Shalltears Gedanken gesteuert wurden, entschied er, allein gegen sie anzutreten. Albedos Protesten zum Trotz zog er los, um sich dem Duell zu stellen.

Da Shalltear über eine Glaubensmagie verfügte, die gegen einen Untoten wie Ainz extrem stark war, war er ihr gegenüber eindeutig im Nachteil. Als Shalltear dann auch noch ihre Trumpfkarte »Einherjer« einsetzte, schien der Kampf endgültig entschieden…

WAMM
NUR SIE ALLEINE?!
WARUM GREIFT SHALLTEAR NICHT GE-MEINSAM MIT IHR AN?
BWAMM
!

WUMM
SIE HEILT SICH MIT FRIENDLY FIRE AUF IHRE EIGENEN VER-BÜNDETEN?!
FRIENDLY FIRE IST IN DIESER WELT ANSCHEINEND ERLAUBT!
ARGH!
BOOM
WIE SCHÄBIG!!

NA
DANN...
VRRMM

SIEH GUT HER ...
TICK
SO WAS KANN NUR JEMAND, DER DIE KLASSE EINES OVERLORDS ERREICHT HAT...
TICK
TICK
TICK
MEINE TRUMPFKARTE >>ECLIPSE<<!
»Ausweitungsmagie...
AAAAAAAAAAAAAAAA

WA
WUSCH
... Schrei der Banshee!«
HAA

WUUUU
>>DAS ZIEL ALLEN LEBENS IST DER TOD!<<
(The goal of all life is death)
SUUUU
SCH
WIE GEFÄLLT DIR DIESE KRAFT...
... DIE SELBST WESEN OHNE LEBEN DEN TOD SCHEN-KEN KANN?
IHR SEID MÄCHTIG, FÜRST AINZ...
ABER DAMIT IST EURE MP BESTIMMT FAST AUFGE-BRAUCHT...
UND MEINE LEBENS-ENERGIE IST NOCH VOLL, ODER?
VERDAMMTER PERORONCINO!
ANSCHEINEND HAST DU SHALLTEAR EINEN WIEDERBELE-BUNGSGEGENSTAND GEGEBEN... BEEIN-DRUCKEND!

ICH HABE MEINE MP AUCH GRÖSSTENTEILS DURCH MEINE FÄHIGKEITEN AUFGEBRAUCHT...
... ABER ES IST DOCH SONNENKLAR, WER BEI EINEM DIREKTEN KAMPF ZWISCHEN UNS BEIDEN MAGIEWIRKERN GEWINNEN WÜRDE ...
HABT IHR NOCH LETZTE WORTE?
MAL SEHEN ...
ICH BIN DIR WIRKLICH DANKBAR, DASS DU ANGENOMMEN HAST...
... DU WÜRDEST GEGEN MICH GEWINNEN, SOBALD MEINE MP AUFGEBRACHT IST!
WÄRST DU ETWAS BEDACHTER VORGEGANGEN...
... WÄRE ES FÜR MICH NICHT SO GUT GELAUFEN...
SCHWUSCH
DAS IST DOCH NUR EIN BLUFF!

WARUM NIMMT ER KEINEN ABSTAND?!
BEI »SPIELER GEGEN SPIELER« IST ES WICHTIG...
... DASS MAN SEIN GEGENÜBER MIT FALSCHEN INFORMATIONEN FÜTTERT ...
ICH HAB SO GETAN, ALS WÜRDE ICH »HEILIGER SCHADEN« WIRKEN...
... UND DICH NICHT MERKEN LASSEN, DASS FEUER MEINE SCHWACHSTELLE WAR...
SO SIEHT ES JETZT AUS!
UNMÖGLICH...
WAR DAS ALLES NUR GESPIELT?!
ABER VORHIN... SAGTET IHR, IHR WÜRDET MEINE FÄHIGKEITEN NICHT KENNEN...
NATÜRLICH...
... IST ES WICHTIG, MÖGLICHST VIEL ÜBER SEINEN GEGNER ZU WISSEN...
PERORONCINO HAT MICH MEHRFACH UM RAT GEBETEN, ALS ER DICH ERSTELLT HAT!

DAS WAR OFFENSICHTLICH GELOGEN, WAS?
ZUCK
UNMÖGLICH...
UNMÖGLICH... UNMÖGLICH...
UNMÖG-LICH...
KNIRSCH

WAR DAS...
... ETWA ALLES GE-PLANT?
DAS KANN NICHT SEIN. DAS KANN NICHT SEIN. DAS KANN NICHT SEIN.
DAS DARF NICHT SEIN!
WAMM
AAAAAH!

CHING

ICH HATTE VON AN-FANG AN GEPLANT ...
... DIESES DUELL IM NAHKAMPF ZU ENT-SCHEIDEN!

UNFASSBAR!
DAS GEHÖRTE DOCH TOUCH ME!
WENN MAN SICH MITTELS MAGIE ZUM KRIEGER MACHT...
... UND »PERFEKTER KRIEGER« WIRKT...
... KANN MAN DIE AUSRÜSTUNG OHNE ABZÜGE TRAGEN...
ER HAT ALSO WEIT VORAUSGEDACHT ...
ZITTER

AAAAARGH!
...
WUSCH

TAKE-MIKA-ZUCHIS HASHIKI!
GANZ GENAU ...
BLITZ
DAS GELIEBTE SCHWERT DES KRIEGERS TAKE-MIKAZUCHI ...
... EINEM DER 41 ER-HABENEN...
AINZ OOAL GOWN KENNT KEINE NIEDERLAGE!
HÖR GUT ZU, SHALL-TEAR!
HIER VOR DIR...

... STEHT GANZ AINZ OOAL GOWN...

... MIT DER GESAM-MELTEN KRAFT DER 41 ERHA-BENEN!

AUCH WENN ER »PERFEKTER KRIEGER« GEWIRKT HAT...
... SIND SEINE KAMPFWERTE NICHT BESONDERS HOCH...
ICH MUSS NUR DEN SCHWERTSCHLÄGEN AUSWEICHEN...
WUMM
ZUCK
WUSCH
KOMBO-ANGRIFFE?!

ICH MUSS NUR DEN FLUSS DER ANGRIFFE NUTZEN, UM SIE ANEINANDERZU-REIHEN...
DAS HABE ICH DURCH MEINE ERFAHRUNGEN IN E-RANTEL GELERNT.
WENN ICH NICHT AUSWEI-CHEN KANN...
... DANN EBEN SO!
KNACK
KNACK
DAS IST MEINE CHANCE, ODER?!

KNACK
GLAUBST DU WIRKLICH, DU HÄTTEST EINE CHANCE?
WIE...?
CHING
ABER...
A...ABER WIE...?!

AAAAAAAAH!
WOMM
VER-SCHWIN-DE!
WAMM
WUSCH

KNIRSCH
WUSCH
W...WIE KANNST DU ES WAGEN ...?!

BLITZ
D...
DAS KANN NICHT SEIN!
NEIN!
UNMÖG-LICH...
HOUYIS BOGEN?

DIE HAUPT-
WAFFE VON
FÜRST PERO-
RONCINO!
EIN
ANGRIFF MIT
DIESER WAFFE
VERURSACHT
MAGIESCHA-
DEN...
HÄTTE
ICH NOCH
MP ÜBRIG,
KÖNNTE ICH
IHN MIT MAGIE
ABWEHREN!
HÄTTE ICH
DOCH NUR
EINE FÄHIG-
KEIT ÜBRIG...
SCHOCK
VON
ANFANG
AN...
... WUSSTE FÜRST
AINZ, DASS ES
SO KOMMEN
WÜRDE, ODER?!
WO HATTEST
DU DIESE
WAFFE VER-
STECKT?!
EIN
MAGIER
DARF NIE-
MALS...
... SEINE
TRICKS
VERRATEN,
ODER?
MIT
TASCHEN-
SPIELER-
TRICKS
KONNTEST
DU FÜRST
PERORONCI-
NOS WAFFE
NICHT HER-
BEIRUFEN!

KNACK
DAS WAR...
... EIN BEZAHL-GEGEN-STAND!

UAAARGH!
WUSCH
MEINE SIEG-CHANCEN... SOLLEN NUR DREI ZU SIEBEN GEWESEN SEIN?!
JETZT KOMMT DAS GROSSE FINALE, SHALLTEAR!

FÜRST AINZ HAT GEWONNEN!
NEIN... NOCH IST ES NICHT ENTSCHIEDEN.
IM DIREKTEN KRÄFTEDUELL IST SHALLTEAR IHM ÜBERLEGEN.
WIR SOLLTEN AUF...
... DIE ERHABENEN VERTRAUEN!
ER HAT IM NAMEN DER GILDE AINZ OOAL GOWN...
... SEINEN SIEG ANGEKÜNDIGT...
BOMM

AH HA HA HA! FÜRST AINZ!
IHNEN WIRD ZUERST DIE LEBENSENERGIE AUSGEHEN!
GLAUBST DU DAS WIRKLICH?
Die eingestellte Zeit ist abgelaufen…
… Bruderherz Momonga!
WUSCH
WAS GLAUBST DU, WAS DAS FÜR EINE ZEIT WAR?
POMM

DIE ENT-SCHEI-DUNG...
... IST GEFÄLLT! DIESER KAMPF IST VORBEI!
MIT NUR EINER HÖCHST-MAGIE...
... KANN MAN DEINE GEWALTIGE LEBENS-ENERGIE NICHT AUF-REIBEN...
ABER DANN...
... MUSS ICH SIE NUR AUSREICHEND SENKEN, DASS EIN TREFFER AUSREICHEN WÜRDE, ODER?

AH...
AH!
AAAAAAAAH!!
MEINE MAGIEVER-TEIDIGUNG IST DEINER ÜBERLEGEN ...
CHING
AUF GEHT'S, SHALLTEAR!
BAMM

DOO
!
MM

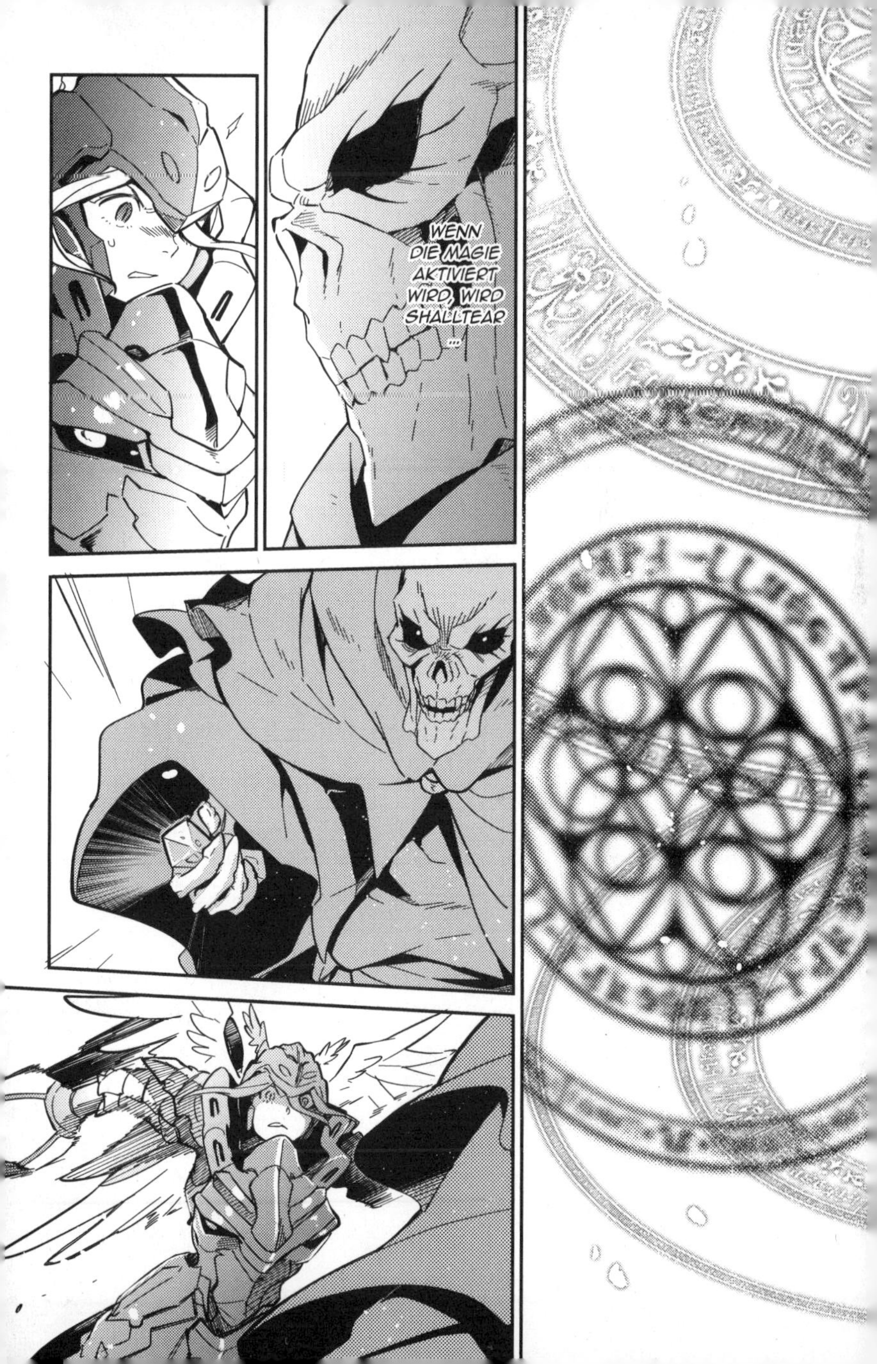
WENN DIE MAGIE AKTIVIERT WIRD, WIRD SHALLTEAR ...

DIESE FÄHIGKEIT IST DOCH...

»Himmels-
sturz!«

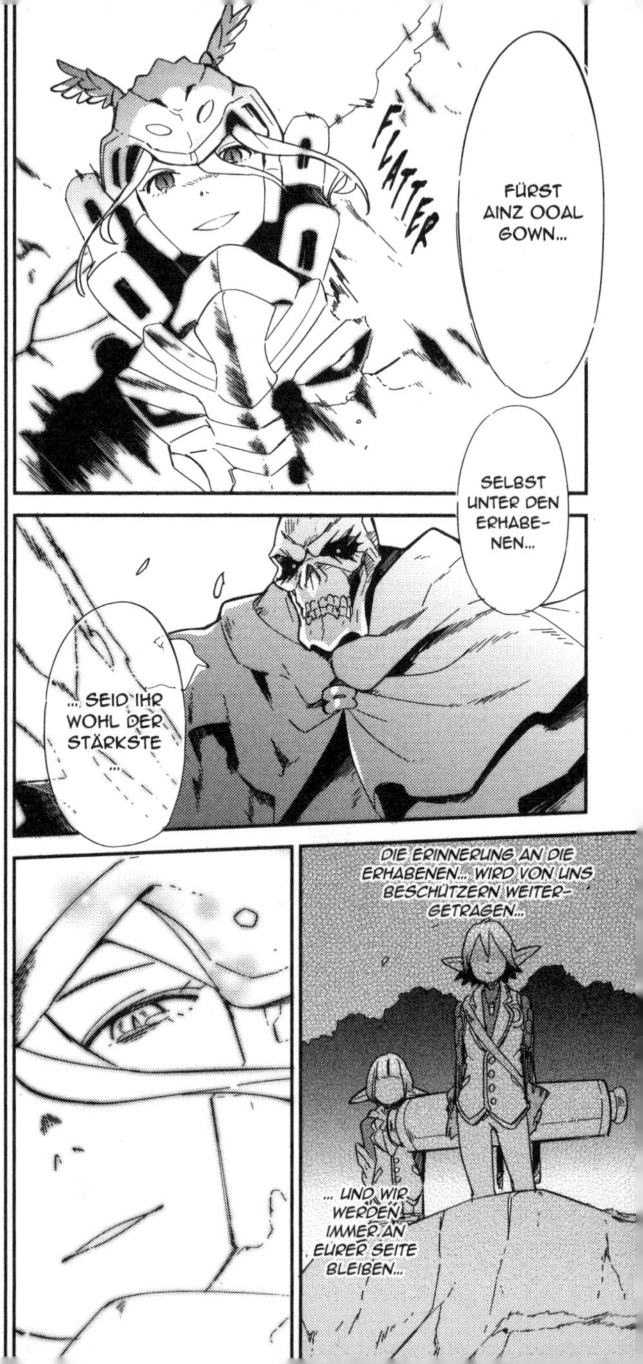
FLATTER
FÜRST AINZ OOAL GOWN...
SELBST UNTER DEN ERHABE-NEN...
... SEID IHR WOHL DER STÄRKSTE ...
DIE ERINNERUNG AN DIE ERHABENEN... WIRD VON UNS BESCHÜTZERN WEITER-GETRAGEN...
... UND WIR WERDEN IMMER AN EURER SEITE BLEIBEN...

WINZ-
LING.
SCHWES-
TER?

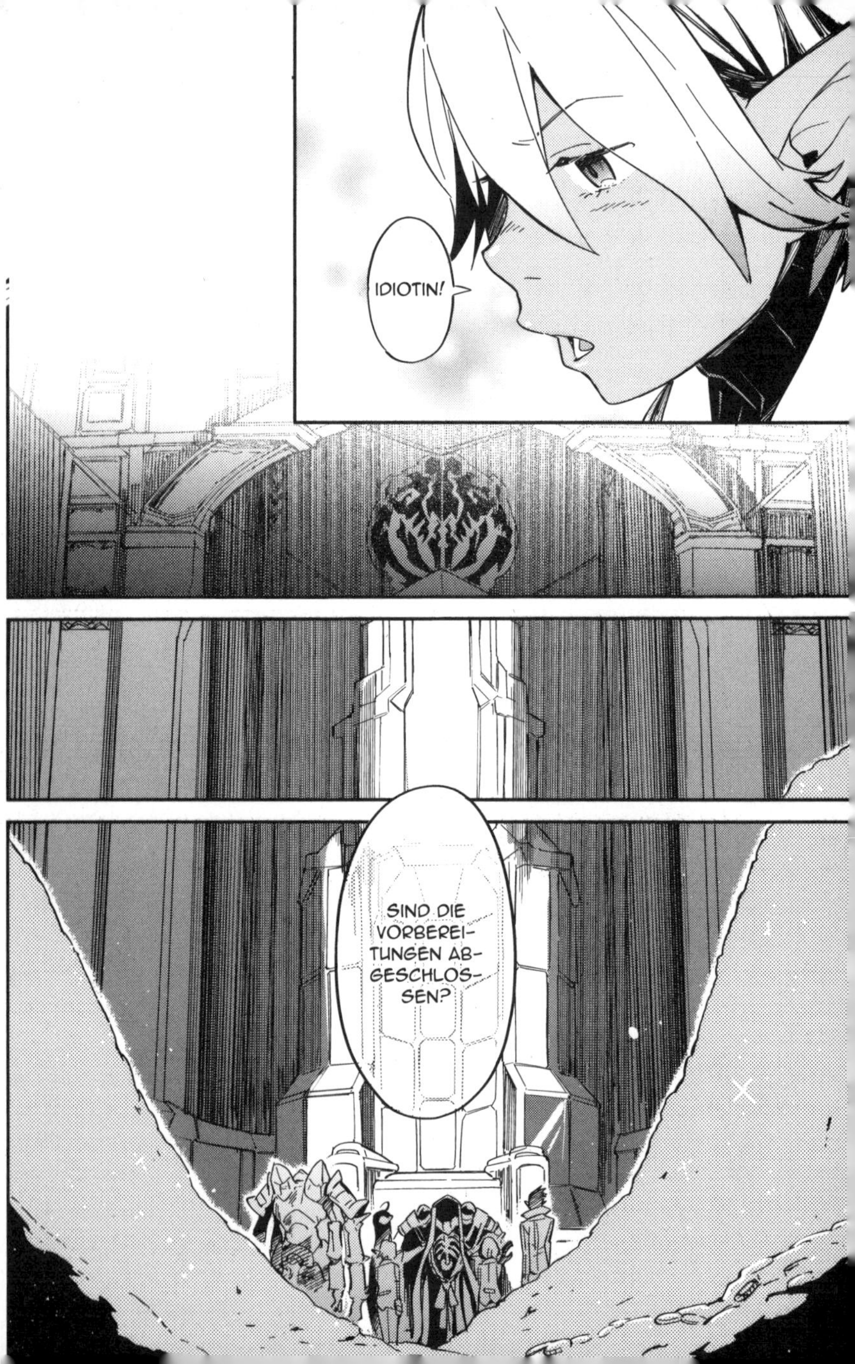
IDIOTIN!
SIND DIE VORBEREI-TUNGEN AB-GESCHLOS-SEN?

GUT.
DANN WERDEN WIR JETZT SHALLTEAR WIEDERBELEBEN.
SOLLTE SIE WEITERHIN UNTER GEDANKENKONTROLLE STEHEN...
DANN WERDEN...
... WIR BESCHÜTZER SIE GEMEINSAM AUSLÖSCHEN!
IN ORDNUNG...
DANN WERDE ICH ES EUCH ÜBERLASSEN.
WUSCH

WUSCH

ALBEDO!
KEIN GRUND ZUR SORGE ...
DIE GEDANKEN-KONTROLLE SCHEINT AUF-GEHOBEN ZU SEIN.
SEUFZ
WIRK-LICH?
FLATTER
BLINZEL
FÜRST AINZ?

SO EIN GLÜCK... NEIN... ENT-SCHULDIGE.
WUSCH
UAH?!
ES IST ALLEIN MEIN FEHLER GEWESEN.
ICH WEISS WIRKLICH NICHT, WAS GESCHEHEN IST...
... ABER ES KANN UN-MÖGLICH EUER FEHLER GEWE-SEN SEIN!
HACH... ERLEBE ICH NUN MEIN ERSTES MAL?
REIB
KNIRSCH
FÜRST AINZ...
SHALLTEAR IST BESTIMMT ERSCHÖPFT. DAS SOLLTE JETZT REICHEN.
IN DER TAT...
WUSCH
ICH ERKLÄRE ES DIR SPÄTER GENAUER ...
ABER ZUERST WILL ICH DICH ETWAS FRAGEN.
JA, WIE SIE WÜN-SCHEN.

WAS IST DAS LETZTE, AN DAS DU DICH ERINNERST?
ÄHM...
NACHDEM ICH DIE SÖLDNER IN DER HÖHLE ANGEGRIFFEN HABE...
HUCH?
IRGENDWIE KANN ICH MICH DARAN NICHT ERINNERN?
ALSO SIND IHRE ERINNERUNGEN VOR FÜNF TAGEN ABGERISSEN?
IST SONST NOCH ETWAS SELTSAM?
NEIN, SONST IST ALLES IN ORDNUNG...
WAAS?!
?!

MEIN BUSEN...
... IST VER-SCHWUN-DEN!
OH...
W... WIE...
WIE KANNST DU JETZT SO ETWAS IDIOTISCHES SAGEN?!
WAS?
GENAU!
ANSONS-TEN WÄRST DU OHNE-HIN SELBST SCHULD GEWESEN...
SEUFZ
...
IRGEND-WIE IST ES WIEDER WIE FRÜHER.

ABER...
... JETZT SIND HIER NUR...

BITTE...
... TADELN SIE SHALL-TEAR AUFS SCHÄRFSTE!
GENAU! DIESE IDIOTIN HAT ES VER-DIENT, AUSGE-SCHIMPFT ZU WERDEN!

FÜR DIESEN VORFALL ÜBERNEHME ICH ALS AN-FÜHRER VON NAZARICK DIE VERANT-WORTUNG!
SHALLTEAR TRÄGT KEINE SCHULD...
ABER MERK DIR EINES GENAU, SHALLTEAR ...
J...JA?
HMPF...
DER UNBE-KANNTE ÜBELTÄ-TER...
... DURCH DEN WIR DIESEN SCHADEN ERLITTEN HABEN...
... IST IN NA-ZARICKS NÄHE!

WIR MÜSSEN SOFORT MIT DEM BEFES-TIGEN VON NAZARICK BEGINNEN...
LEIHT MIR DAFÜR EURE KRÄFTE!
JAWOHL!

Erklärungen Kapitel 16

Bezahlgegenstände

課金アイテム

Bevor er aus der realen Welt gerissen und zu Ainz wurde, gab Satoru Suzuki ungefähr ein Drittel seines Monatsgehalts für Bezahlgegenstände im DMMO-RPG »Yggdrasil« aus. »Yggdrasil« erhob keine Monats- oder Anmeldegebühren und man konnte das Spiel kostenlos und ohne Einsatz von Bezahlgegenständen spielen. Dennoch gab Suzuki viel Geld dafür aus, weil es unzählige Items gab, die man nur auf diese Art erhalten konnte. Die Chancen, gratis einen mächtigen Gegenstand zu erhalten, waren gering. Deshalb setzte Suzuki Geld ein, um Boni für seine Ausrüstung zu ergattern.

Beispiel für einen Bezahlgegenstand
Die Ringe von Ainz
Ainz trägt gewöhnlich insgesamt neun Ringe an beiden Händen. Einer davon ist ein Bezahlgegenstand, der es im Falle eines Todes erlaubt, ohne größere Abzüge wiederbelebt zu werden. Normalerweise verlieren Spieler im Todesfall Charakterstufen und einen Ausrüstungsgegenstand. Mit dies sem Ring verliert man jedoch nur eine kleine Anzahl an Erfahrungspunkten und eventuell einen geringwertigen Gegenstand. Der Ring ist daher ein absolutes Muss für alle Spieler, die nicht mitansehen können, wie ihr eigener Charakter geschwächt wird.

Außerdem besitzt Ainz noch den Ring »Sternschnuppe«, den man ebenfalls nur als Bezahlgegenstand erhält. Er kann damit die Höchstmagie »Wish Upon A Star« ohne Abzüge wirken.

Übrigens können normale Spieler in Yggdrasil nur einen Ring pro Hand anlegen. Ainz jedoch hat die Macht der Bezahlgegenstände genutzt, um maximal zehn davon tragen zu können.

Gegenstände, die das Wirken von Höchstmagie beschleunigen
Höchstmagie übersteigt noch die Wirkung der Magie der zehnten Klasse, sodass hochrangige Spieler auf einen Schlag ungeheure Kräfte entfachen können. Doch diese mächtigen Zauber brauchen auch viel Zeit, um gewirkt zu werden. Da man während dieser Zeit als Magiewirker komplett ungeschützt ist, muss man genau abwägen, wann und wie man diese Magie einsetzt.

Mit Bezahlgegenständen kann man diese Zeit jedoch enorm verkürzen. Ainz hat bespielweise so einen Gegenstand im Kampf gegen Shalltear verwendet, um eine Höchstmagie zu wirken.

Gegenstände, die sofort Ausrüstung herbeirufen
In Yggdrasil muss man die Eingabekonsole aufrufen, um Gegenstände herbeizurufen, doch das ist während eines heftigen Gefechts in der Regel nicht möglich. In solchen Momenten kann man Bezahlgegenstände einsetzen, um zuvor gespeicherte Objekte rufen zu können. Dass Ainz im Kampf gegen Shalltear blitzschnell seine Ausrüstung wechseln konnte, verdankt er solchen Gegenständen.

Privatgemach von Ai
WILL-KOMMEN ZURÜCK, FÜRST AINZ!
ICH WAR EINEN HALBEN MONAT NICHT MEHR IN DIESEM ZIMMER...
KLACK
Episode:
OVERLORD
MÖCHTET IHR ETWAS ESSEN? MÖCHTET IHR BADEN?
TRÄUM
ODER... VIELLEICHT ...?

AHMST DU JEMANDEN NACH?
ICH SPIELE EINE FRISCH-VERMÄHLTE...
ZAPPEL ZAPPEL
ES GEHÖRT SICH FÜR EINE EHEFRAU, IHREN VON REISEN HEIMGEKEHR-TEN GATTEN AUF DIESE ART ZU BEGRÜSSEN.
WIE GE-FÄLLT ES EUCH?
HM...
TJA... SCHON ZIEMLICH REIZEND...
AH!
EIGENTLICH SOLLTE DIE FRAU DEN GATTEN...
... NUR MIT EINER SCHÜR-ZE BEKLEIDET BEGRÜSSEN! DAS WÄRE DER STANDARD GE-WESEN...
WIE KONNTE ICH DIESEN FEHLER BEGEHEN?!!
FUMMEL
WENN SIE WOLLEN, KÖNNTE ICH SOFORT...
ÄH, JA... NEIN DANKE, ALBE-DO!
NICHT AUSZIE-HEN!
LASSEN WIR JETZT DIESEN UNSINN UND BESPRECHEN LIEBER DAS WIRKLICH WICHTIGE!
ZUERST...
... IST HIER DAS IN E-RANTEL VERDIENTE GELD...

IN YGGDRASIL MUSSTE MAN AUS SICHERHEITSGRÜNDEN GELD AUSGEBEN, UM MONSTER ZU BESCHWÖREN ...
WIR WERDEN PRÜFEN, OB DAS IN DIESER WELT GENAUSO IST.
VERSTANDEN. ICH LASSE SOFORT ENTSPRECHENDE VERSUCHE EINLEITEN.
ZUDEM SOLLTEN WIR GEGENSTANDSKREATIONEN AUSPROBIEREN.
UND DA IST NOCH DIE SACHE MIT CLEMENTINE...
IHRE LEICHE IST AUS UNSERER LEICHENKAMMER VERSCHWUNDEN, ODER?
WENN IRGENDJEMAND DIESE FRAU WIEDERBELEBEN WÜRDE...
... KÖNNTEN INFORMATIONEN ÜBER UNS NACH DRAUSSEN GELANGEN ...
WIR MÜSSEN MIT GRÖSSTMÖGLICHER VORSICHT VORGEHEN...
ZUERST LASSEN WIR IHRE GEGENSTÄNDE VON PANDORA'S ACTOR UNTERSUCHEN.
UND JETZT ZUM EIGENTLICHEN THEMA...
BLÄTTER
ICH HABE IN E-RANTEL ENDLICH EINE WELTKARTE ERHALTEN!

IST SIE DAS?
DER MASSSTAB IST ETWAS KLEIN UND ES IST AUCH NUR EIN DÄMONISCHER STAMM EINGEZEICHNET ...
... ABER DAS IST DAS BESTE, WAS ICH BISHER AUFTREIBEN KONNTE.
VERSTANDEN.
DANN WERDE ICH KOPIEN DAVON AN DIE ANDEREN BESCHÜTZER VERTEILEN.
ABER ZUERST... MÖCHTE ICH SIE KURZ ERKLÄREN...
IN DER MITTE LIEGT E-RANTEL.
UND...
... ETWAS NORDÖSTLICH DAVON LIEGT DIE GROSSGRUFT VON NAZARICK.
Großgruft von Nazarick
E-Rantel

Allianz
Re-Estize-Königreich
Baharuth-Imperium
AZERLISIA-GEBIRGE
DER ANFÜHRER DER MAGIER-GILDE HAT MIR EINIGES ERKLÄRT...
IHM ZUFOLGE SOLL IM NORDWESTEN DIE AGRAND-ALLIANZ LIEGEN, DIE AUS DÄMONISCHEN STÄMMEN BESTEHT.
SIE HABEN DORT EINEN RAT, BESTEHEND AUS EINIGEN DRACHEN.
DIES IST DAS AZERLISIA-GEBIRGE, DURCH DAS...
... DAS RE-ESTIZE-KÖNIGREICH VOM BAHARUTH-IMPERIUM GETRENNT WIRD.
Theokratie
UND HINTER DER WILDEN STEPPE LIEGT...
GENAU.
DAS IST DER ORT, WO DEMIURG HINGEGANGEN IST, ODER?
DIESE LINIE ZEIGT EINE STAATSGRENZE AN, ODER?
VERMUTLICH... ABER ZU SEHR SOLLTEN WIR DER KARTE NICHT VERTRAUEN.
E-Rantel
Theokratie
VOR DENEN SOLLTEN WIR UNS HÜTEN!
... DIE SLANE-THEOKRATIE!

AUF SEITEN DER THEOKRATIE...
... LIEGEN IM NORDOSTEN MEHRERE STADTSTAATEN.
UND IN GROTTEN AN DER SÜDWESTSEITE SOLLEN MENSCHEN WYVERN GEZÄHMT HABEN...
DIE LEBEN DORT IN STAMMESGEMEINSCHAFTEN.
WYVERNREITER?
ALS UNTERIRDISCHE GRUFT SIND WIR GUT GEGEN SIE AUFGESTELLT... ABER WIR SOLLTEN UNS DENNOCH HÜTEN.
UND IM OSTEN EINER GROSSEN WASSERMASSE...
... ES IST ZWAR NICHT EINGEZEICHNET, ABER DORT SOLL DAS DRACHENKÖNIGREICH LIEGEN.
DRACHEN?
EIN KÖNIGREICH, DAS EINST VON EINEM MÄCHTIGEN DRACHEN GEGRÜNDET WORDEN SEIN SOLL.
IN DEN ADERN DER DORTIGEN HERRSCHER SOLL IMMER NOCH DRACHENBLUT FLIESSEN... ABER WER WEISS, OB DAS WAHR IST.

IM OSTEN SOLL ES IM MEER EINE SCHWIMMENDE STADT GEBEN...
... UND IM SÜDEN EINE SCHWEBENDE STADT, DIE VON DEN »ACHT GIERKÖNIGEN« ERBAUT WORDEN SEIN SOLL.
EINE SCHWEBENDE STADT?
EIGENTLICH SOLL NUR DAS SCHLOSS ÜBER DER STADT SCHWEBEN, ABER...
... DIE GANZE STADT IST VON EINER ART MAGISCHER BARRIERE UMGEBEN.
DORT KÖNNTE SICH DER BESITZER EINES WELTGEGENSTANDS VERSTECKEN... DAS WAR ALLES, WAS ICH ERFAHREN HABE.
ICH VERSTEHE ...
FÜRST AINZ.
VOR WELCHEM STAAT MÜSSEN WIR UNS AM MEISTEN HÜTEN?
SELBST IN WENIG BEDROHLICH WIRKENDEN STAATEN KÖNNTEN SICH...
... BEEINDRUCKENDE EINZELCHARAKTERE VERSTECKEN...
ICH ENTSCHULDIGE MICH.
WIR MÜSSEN WOHL KEINE ANGST VOR EINEM DER STAATEN HABEN.
GANZ GENAU.
WIE STEHT ES... UM SHALLTEAR?
KÖRPERLICH SCHEINT ES KEINE BESONDERHEITEN ZU GEBEN.

ABER...
... WAS IHRE PSYCHE ANGEHT... DA MACHE ICH MIR SCHON SORGEN.
GIBT ES ETWA ÜBERRESTE DER GEDANKENKONTROLLE?
NEIN, DAS MEINE ICH NICHT...
DASS SIE SICH GEGEN EUCH GESTELLT HAT...
... IST FÜR SIE EINE SCHRECKLICHE, UNVERZEIHLICHE SÜNDE.
BITTE ENTSCHULDIGT, DASS ICH EUCH BEI DIESER ENTSCHEIDUNG HINEINREDE...
... ABER VIELLEICHT SOLLTEN SIE SIE DOCH NOCH BESTRAFEN!
WÜRDEN SIE SHALLTEAR EINE STRAFE GEBEN...
... WÜRDE DAMIT VIELLEICHT IHR SCHLECHTES GEWISSEN VERSCHWINDEN.
ABER SO WIRD SIE SICH NUR WEITER VORWÜRFE MACHEN.
...
IN ORDNUNG.
ICH WERDE IHR EINE STRAFE GEBEN.

ICH HOFFE, ICH HABE NICHT ZU VIEL GESAGT.
NEIN, DAS WAR DER ANFÜHRERIN DER BESCHÜTZER ANGEMESSEN.
VIELEN LIEBEN DANK!
WUSCH
GUT... ICH WERDE WEITER ALS ABENTEURER ARBEITEN.
KÜMMERE DU DICH UM ALLES.
KEINE SORGE! SOLANGE SIE FORT SIND...
... KÜMMERE ICH MICH UM ALLE ANGELEGENHEITEN...
FLÜSTER
WIE EINE EHEFRAU!
ABER ...
... PASSEN SIE BITTE GUT AUF SICH AUF!
ES KÖNNTE JEDERZEIT GESCHEHEN, DASS DER BESITZER DES WELTGEGENSTANDS...
... DER SHALLTEAR KONTROLLIERT HAT, ERNEUT ANGREIFT!
HMPF!
SOLANGE WIR NICHT WISSEN, WER DAHINTERSTECKT, MÜSSEN WIR VORSICHTIG SEIN.

WAS IST MIT DEN BEFESTI-GUNGS-PLÄNEN?
KOMMEN SIE GUT VORAN?
WIR HABEN NOCH KEI-NE NACH-RICHT VON COCYTUS.
NACH EINEM BE-RICHT VON ENTOMA...
... SOLLTE ER DEN ECHSEN-MENSCHEN EIN VOR-ZEICHEN SCHICKEN.
ECHSENMENSCHEN BESITZEN KRÄFTI-GERE KÖRPER ALS MENSCHEN...
WIE WÜRDEN SIE WOHL ALS ARMEE...
... FÜR DIE GROSSGRUFT VON NAZARICK KÄMPFEN?
WÜRDEN WIR AUS DEN LEICHEN DER ECHSENMEN-SCHEN STAR-KE UNTOTE ERZEUGEN ...
... WÜRDE SICH DAMIT NAZARICKS VERTEIDI-GUNGSKRAFT ERHÖHEN.
SO VIEL IST SICHER ...

WIR WERDEN ES SEHEN, SOBALD WIR SIE BESIEGT HABEN!
WOOOH...
PLATSCH
ZAPPEL
PLATSCH
PLATSCH

Zaryusu Shasha
PLATSCH
PLATSCH
RORO-RO!
ICH HABE ES-SEN MITGE-BRACHT.

STRECK
ICH WÜRDE GERNE MIT DIR SPIE-LEN...
... ABER ICH MUSS NACH DEN FISCHEN SCHAUEN GEHEN...
STREI-TE DICH NICHT BEIM ESSEN!
KLATSCH
MATSCH
PLATSCH
PLATSCH

BRUDER ...
ACH, DU?
WAS MACHST DU HIER?
Shasryu Shasha
DAS GLEICHE WOLLTE ICH DICH FRAGEN, BRUDER!
HM?
WARUM BIST DU ALS STAMMESHÄUPTLING GERADE HIER?
...
DU WILLST... DOCH NICHT ETWA FISCHE FANGEN UND SOFORT VERSCHLINGEN, ODER?
HM...
ICH BIN GEKOMMEN, UM DIE ZUCHT ZU KONTROLLIEREN.
PATT PATT
WAS DENKST DU DENN ÜBER DEINEN BRUDER?
ZUCK
ACH SO...

TUT MIR LEID. ICH WOLLTE SIE DIR GEBEN, SOBALD SIE GROSS SIND...
... SIE SCHMECKEN BESONDERS GUT IN ÖL.
HMM...
SCHWUPP
DEINE FRAU HAT RECHT DAMIT, DASS DEIN SCHWANZ ZU EHRLICH IST.
WAS?
HAT SIE ETWA ÜBER MICH GELÄSTERT ?!
ABER ...
... DU BIST ECHT ...
... BEEINDRUCKEND ...
BIS JETZT GAB ES NIEMANDEN...
... IN UNSEREM STAMM, DER SO ETWAS PROBIERT HAT...
OBWOHL UNSERE KAMERADEN DARÜBER GELACHT HABEN, HAST DU ES SO ENTSCHIEDEN.
BIS WIR FISCHE GROSSZIEHEN KONNTEN, GAB ES IMMER WIEDER RÜCKSCHLÄGE...
ALLEIN DANK DIR...
... HABEN WIR VIEL MITEINANDER GEREDET UND VIEL ERFAHREN.

SO-BALD SIE AUSGE-WACHSEN SIND...
... WIRST DU DEN ERSTEN FISCH BE-KOMMEN!
ICH FREU MICH DARAUF!
Dorf der Echsenmenschen

...?
WUSCH
ZIIIIISCH
...
PLATSCH

WABAABAMM
ZACK
WOO

HOOOOO

ZARYUSU!
WAS IST DAS?
HÖRT HER!
WIR SIND DIENER DES ERHABENEN.
DIES IST EINE WARNUNG...
WIR KÜNDEN HIERMIT EUER ALLER TOD AN!

DER ERHABENE HAT EINE ARMEE AUSGESANDT, UM EUCH AUSZULÖSCHEN.
ABER...
... DER WEISE ERHABENE GIBT EUCH...
... DIE MÖGLICHKEIT, EUCH VORZUBEREITEN. AUCH WENN IHR DAMIT NICHTS ERREICHEN WERDET.
IN ACHT TAGEN WERDEN ALLE...
... IN DIESEM ECHSENMENSCHENDORF AM SEE...
... ZUR ZWEITEN OPFERGABE FÜR IHN WERDEN!
SCHWANK

VERSUCHT, EUCH ZU WEHREN...
... DAMIT DER ERHABENE SICH AN EUREM LEID ERFREUEN KANN.
UND VERGESST NICHT...
... IN ACHT TAGEN...

Interpretative Notizen des Overlords

Erklärungen Kapitel 17

Dämonische Stämme

亜人種

Genau wie in Yggdrasil gibt es auch in der Welt, in der Ainz gelandet ist, humanoide Charaktere wie Menschen und Zwerge, heteromorphe Charaktere mit Monsterfähigkeiten und dämonische Stämme wie Goblins, Oger und Echsenmenschen. Dämonische Charaktere (und zum Teil auch heteromorphe Charaktere) haben höhere Statuswerte als humanoide Charaktere. Auf einer hohen Stufe können sie zudem Spezialfähigkeiten erlernen, die nur für ihren jeweiligen Stamm verfügbar sind. Dämonische Stämme leben unzivilisierter als Menschen, aber selbst sie bilden Siedlungen. Im Nordwesten des Re-Estize-Königreichs soll es ganze Staaten geben, die aus dämonischen und heteromorphen Stämmen bestehen.

Goblins
Goblins sind körperlich kleiner als andere dämonische Stämme und weniger stark. Auch ihre Denkleistung ist eher gering, weswegen sie nicht gerade hohe Kampfwerte besitzen. Aber wenn sie in Gruppen angreifen und ihr Opfer umzingeln, können sie für Einzelkämpfer dennoch gefährlich werden.

Um die Einwohner vor Schaden durch Goblins zu schützen, werden bei der Abenteurergilde immer wieder Aufträge verteilt, Goblins zu jagen, womit einige Abenteurer ihren Lebensunterhalt verdienen. Dabei hängt die Belohnung von der Anzahl der besiegten Gegner ab, weswegen die Abenteurer den getöteten Goblins die Ohren abschneiden und zurück zur Gilde bringen.

Mit dem Horn des Goblingenerals (aus Yggdrasil) kann eine Gruppe Goblins gerufen werden, die einen beschützt.

Oger
Vom Körperbau her ähneln sie Großaffen, doch sie sind kaum behaart. In der Regel sind sie viel stärker als Menschen und können über drei Meter groß werden. Ihre Intelligenz ist äußerst gering, doch sie verwenden ganze Baumstämme als Schlagwaffen, wenn sie wild herumtoben. Abenteurerneulinge haben keine Chance gegen sie.

Oger fressen am liebsten Menschen, weswegen bei der Abenteurergilde, genau wie im Fall der Goblins, Aufträge ausgeschrieben werden, damit man Jagd auf sie macht.

Echsenmenschen
Echsenmenschen besitzen einen harten Panzer wie Krokodile und einen langen Schwanz. Wie der Name schon sagt, sind sie eine Mischung aus Echse und Mensch. Sie besitzen starke, muskulöse Körper und die Männchen werden über 1,90 Meter groß und über 100 Kilo schwer. Sie wohnen am Wasser und besitzen Schwimmhäute zwischen Fingern und Zehen, um sich damit schnell durchs Wasser bewegen zu können. Sie sind gute Schwimmer, doch an Land sind sie eher behäbig. Sie verfügen über scharfe Krallen, doch im Kampf gegen Feinde verwenden sie Speere oder Äxte.

Sie sind Allesfresser, nehmen aber nur wenig Gemüse zu sich und ernähren sich größtenteils von Fischen. Sie legen sehr viel Wert auf das Aussehen ihres Schwanzes und die Weibchen finden einen großen, breiten Schwanz bei den Männchen besonders attraktiv.

Im Vergleich zu anderen dämonischen Stämmen sind sie relativ schlau und haben eine eigene Kultur entwickelt.

Episode 16
OVERLORD
...
ZUERST ...
... WILL ICH DIE MEINUNG DES RITUALHÄUPTLINGS HÖREN!
IHR HABT ALLE GENAU GESEHEN...
... WIE DER HIMMEL AUFRISS, ODER?
DAS WAR MAGIE!
Ritualhäuptling

ES GIBT ZWEI MAGIEN, MIT DENEN MAN DAS WETTER BEEINFLUSSEN KANN...
EINE MAGIE DER 6. KLASSE, »WETTER KONTROLLIEREN«.
ABER NUR IN MÄRCHEN TAUCHEN MAGIEWIRKER AUF, DIE MAGIE DER 6. KLASSE BEHERRSCHEN.
WAHRSCHEINLICH WURDE EINE MAGIE DER 4. KLASSE VERWENDET, »WOLKE KONTROLLIEREN«.
DER 4. KLASSE?
KÖNNTEST DU IM KAMPF GEGEN MICH SIEGEN?
BRABBEL
GEGEN EUCH?! NIEMALS!
IN EINEM KRÄFTEMESSEN VIELLEICHT NICHT, ABER IN EINEM DIREKTEN KAMPF WÜRDE ICH GEWINNEN...
DABEI KANN ICH GERADE MAL MAGIE DER 2. KLASSE WIRKEN!
ABER WENN DIESE PERSON MAGIE DER 4. KLASSE BEHERRSCHT...
... KÖNNTE SIE SELBST UNSEREN HÄUPTLING SPIELEND BESIEGEN.
MIT ANDEREN WORTEN...
... WIR SOLLTEN BESSER NICHT KÄMPFEN?

BRÜLL
WIR KÖNNEN DIESEN KAMPF NICHT GEWINNEN!
Truppenhäuptling
WIR SOLLEN EINFACH DAVONLAUFEN, OHNE EINEN KAMPF ZU WAGEN?!
DU SPRICHST WIE EINER, DER NACH KRIEG DURSTET...
TRUPPENHÄUPTLINGE WAREN NOCH NIE MIT VIEL HIRN GESEGNET.
WIE BITTE?!
SOBALD ES ZUM KAMPF KOMMT, IST ES ZU SPÄT!
DENKT BITTE DARAN, WO IHR HIER SEID...
JAGDHÄUPTLING...
WIE DENKST DU DARÜBER?
...
HMPF
WIR HABEN DOCH NOCH ZEIT, BIS DIE ANGREIFER KOMMEN, ODER?
Jagdhäuptling

DER FEIND IST SICHER DABEI, SEIN EIGENES LAGER ZU ERRICHTEN...
WIR SOLLTEN IHN ZUERST AUSKUNDSCHAFTEN.
HM...
DANN KÖNNEN WIR IMMER NOCH ENTSCHEIDEN, OB WIR KÄMPFEN ODER NICHT.
HÄUPTLING...
WUSCH
ICH MÖCHTE MEINE MEINUNG SAGEN!
WAMM
EIN WANDERER SOLLTE NICHT SEIN MAUL AUFREISSEN!
DIE PROBLEME DES DORFS LÖSEN WIR ALLEINE!
GENAU! FREU DICH, DASS DU ÜBERHAUPT HIER SEIN DARFST!
BAMM

RUHE!
HÄUPTLING... AUCH WENN ER DEIN BRUDER IST, DARFST DU IHN NICHT BEVORZUGEN!
EIN WANDERER...
Ältester
EINE UNBEKANNTE GEFAHR BEDROHT UNSER DORF.
DAHER SOLLTEN WIR UNS GENAU ANHÖREN, WAS JEMAND ZU SAGEN HAT...
... DER DIE WEITE WELT GESEHEN HAT.
STARR
RITUALHÄUPTLING, TRUPPENHÄUPTLING ...
... JAGDHÄUPTLING...
IHR DENKT DOCH AUCH, DASS WIR IHM GEHÖR SCHENKEN SOLLTEN, ODER?
...

GLITTER
WIR SOLLTEN DARAUF HÖREN, WAS ZARYUSU ZU SAGEN HAT...
ES LOHNT SICH, AUF DEN BESITZER VON FROSTSCHMERZ ZU HÖREN!
WEGLAUFEN ODER KÄMPFEN ...
ICH RATE ZU LETZTEREM!

GUT GESPROCHEN!
DRÜCK
...
TAT-SÄCH-LICH...
STARR
HAST DU NICHT GEHÖRT, WAS ICH GESAGT HABE?
... KÖNNT IHR IN DIESER LAGE NICHT KÄMPFEN!
WIE BITTE?
?
WEIL DER GEGNER GLAUBT, DASS ER DIE LAGE IM GRIFF HAT, HAT ER SEINEN ANGRIFF ANGE-KÜNDIGT...
ABER DANN MÜSSEN WIR SEINE PLÄNE EINFACH NUR DURCHEINAN-DERBRINGEN.
ERIN-NERT...
... IHR EUCH NOCH AN DEN KRIEG?

...
ALS VOR ZWEI JAHREN DIE STÄMME GEGENEINANDER KÄMPFTEN?
NICK
VOR ZWEI JAHREN...
... BRACH AUFGRUND VON NAHRUNGSMANGEL EIN KAMPF ZWISCHEN DEN STÄMMEN AUS...
DIE GRÜNKLAUEN, DIE KLEINHAUER, DIE MESSERSCHWÄNZE, DIE DRACHENKIEFER...
... DIE GELBPUNKTE, DIE SCHARFKLINGEN UND DIE ROTAUGEN...
DIE DREISTAMMESALLIANZ DER SUMPFSTÄMME AUS GRÜNKLAUEN, KLEINHAUERN UND MESSERSCHWÄNZEN...
... ZOG GEGEN DIE STÄMME DER GELBPUNKTE UND DER SCHARFKLINGEN IN DIE SCHLACHT...
... UND KÄMPFTE, BIS DIE LETZTEREN BEIDEN AUSGELÖSCHT WAREN...
MIR SCHMERZT DAS HERZ AUCH SEHR, WENN ICH AN DIESEN KRIEG ZWISCHEN UNSEREN ARTGENOSSEN DENKE...
... ABER WAS HAT DAS HIERMIT ZU TUN?
DENKT DARAN, WAS DIESES MONSTER GESAGT HAT...

ES REDETE VON EINER »ZWEITEN OPFERGABE« UND SPRACH...
»IN ACHT TAGEN WERDEN ALLE IN DIESEM ECHSENMENSCHENDORF AM SEE ZUR ZWEITEN OPFERGABE FÜR IHN WERDEN.«
DAS HEISST ...
... DASS AUCH DEN ANDEREN DÖRFERN EINE ÄHNLICHE NACHRICHT ÜBERMITTELT WURDE...
OHOO!!
WIR KÖNNEN UNS ALSO MIT DEN ANDEREN VERBÜNDEN UND SO UNSERE STÄRKE ERHÖHEN!
DANN SOLLEN WIR UNS ERNEUT MIT DEN KLEINHAUERN UND DEN MESSERSCHWÄNZEN VERBINDEN?
NEIN!
ICH REDE VON ALLEN STÄMMEN...
... UND SAGE, DASS AUCH DIE DRACHENKIEFER UND ROTAUGEN IN DIESES BÜNDNIS AUFGENOMMEN WERDEN MÜSSEN!

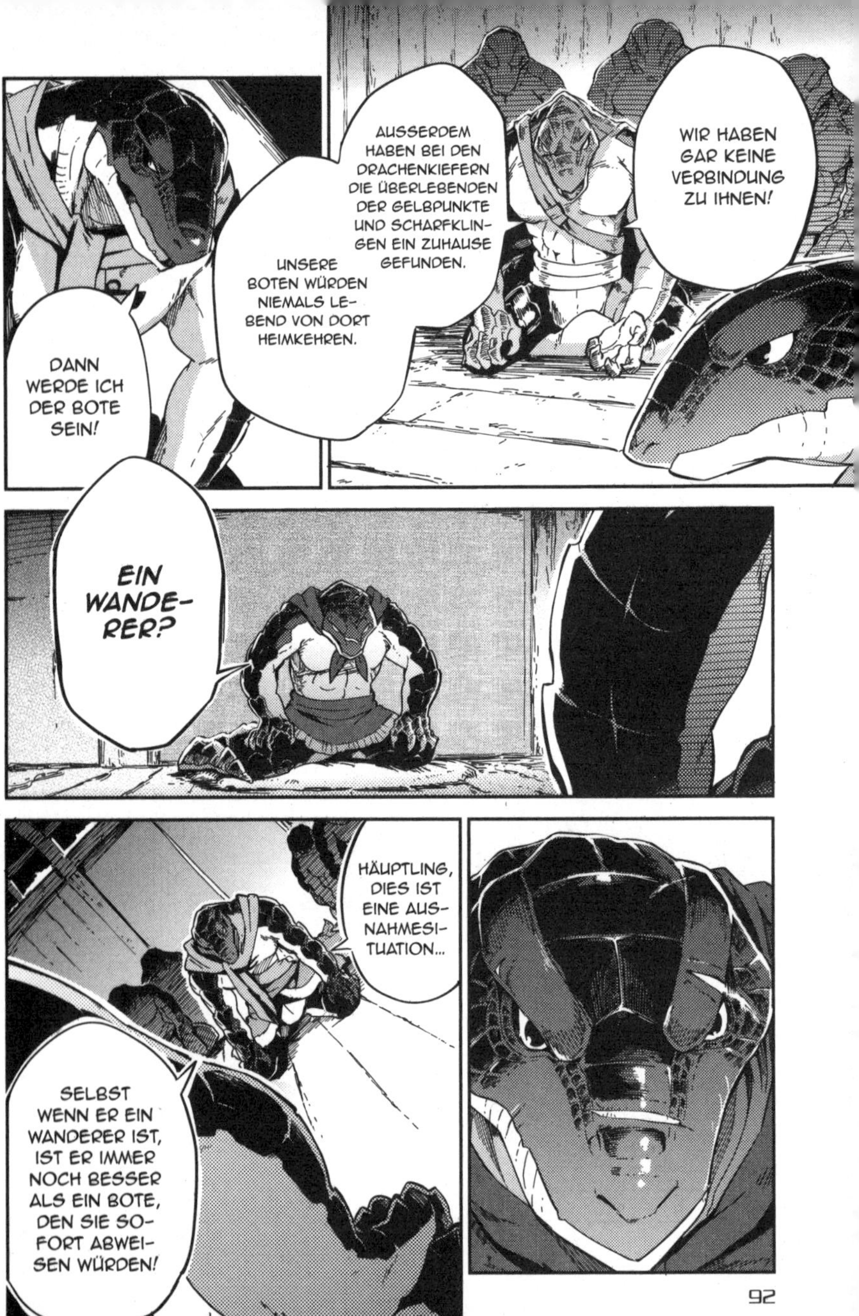
WIR HABEN GAR KEINE VERBINDUNG ZU IHNEN!
AUSSERDEM HABEN BEI DEN DRACHENKIEFERN DIE ÜBERLEBENDEN DER GELBPUNKTE UND SCHARFKLINGEN EIN ZUHAUSE GEFUNDEN.
UNSERE BOTEN WÜRDEN NIEMALS LEBEND VON DORT HEIMKEHREN.
DANN WERDE ICH DER BOTE SEIN!
EIN WANDERER?
HÄUPTLING, DIES IST EINE AUSNAHMESITUATION...
SELBST WENN ER EIN WANDERER IST, IST ER IMMER NOCH BESSER ALS EIN BOTE, DEN SIE SOFORT ABWEISEN WÜRDEN!

ICH WERDE DIR DAS SIE-GEL DES HÄUPTLINGS MITGEBEN!
ICH BEDANKE MICH ZU-TIEFST...

DATSCH
BRUDER...
ICH WAR DER MEINUNG ...
... DASS DU DER HÄUPTLING HÄTTEST WERDEN SOLLEN...

ABER NACH DEM ENDE DER SCHLACHTEN VOR ZWEI JAHREN...
... SAGTEST DU, DU WÜRDEST DAS DORF VERLASSEN.
ICH HÄTTE DICH DAMALS AUFHALTEN SOLLEN.
WAS REDEST DU DA, BRUDER?
DANK DIR HABE ICH GELERNT, WIE MAN FISCHE ZÜCHTET.
BEI DER SITZUNG HAST DU DICH EBEN ALS MITTELSMANN ANGEBOTEN... ABER WAS IST DEIN EIGENTLICHES ZIEL?
WAS WILLST DU MIR UNTERSTELLEN?
DIE NAHRUNGSKNAPPHEIT VOR ZWEI JAHREN IST NUR AUSGEBROCHEN, WEIL WIR UNS ZU SEHR VERMEHRT HABEN...
DURCH DIE KÄMPFE WURDE UNSERE ZAHL VERRINGERT, WAS IRONISCHERWEISE AUCH DAS NAHRUNGSPROBLEM GELÖST HAT.
DEIN EIGENTLICHES ZIEL...

... HAT DAMIT ZU TUN, ODER?
WAS DENN SONST? ICH WILL ...
... NICHT NOCH EINMAL SOLCHE KÄMPFE ERLEBEN...
DU HAST DAS HERZ AM RECHTEN FLECK.
ALS ANFÜHRER DES STAMMES BEFÜRWORTE ICH DEINEN STANDPUNKT.
VIELEN DANK!
GUT, BRUDER...
WUSCH
ICH GEHE JETZT.
RORORO...

RAUSCH
PLATSCH
ZACK
Magische Bestie Hydra Rororo
…
ZAR-YUSU!
DRÜCK
HM… SIE IST GROSS GEWORDEN.
SIE WAR NOCH SO KLEIN, ALS ICH SIE FAND.

DAS SAGE ICH NICHT ALS HÄUPTLING...
... SONDERN ALS DEIN BRUDER...
BITTE KOMM UNVERSEHRT ZURÜCK!
NATÜRLICH!
ICH WERDE ALLES PERFEKT ERLEDIGEN UND HEIMKEHREN...
DAS SOLLTE KEIN PROBLEM FÜR MICH SEIN.
TU NICHT SO NEUNMALKLUG!
FRÜHER HAST DU IMMER GERUFEN: »ICH WERDE NICHT ZULASSEN, DASS ES OPFER GIBT!«
VIELLEICHT BIN ICH ERWACHSEN GEWORDEN.
RAUSCH
HMPF
DU BENGEL...

KNACK
KNACK

PLATSCH
IN ACHT TAGEN IST DIE SCHLACHT!
STRENGT EUCH ORDENTLICH AN!
MEISTERIN AURA...
FLATTER
FLATTER
JA, ZU WELCHER GRUPPE GEHÖRST DU?
ICH BIN TEIL VON EINHEIT 3.
GUT!
IHR KÜMMERT EUCH UM DAS PROVIANTLAGER. GIBT ES EIN PROBLEM?
BLÄTTER
DAS HOLZ, DAS ZUM BAU BENÖTIGT WIRD, IST...
ES IST ZEIT, MEIN SCHATZ!

FREU
VERLIEBT
VERSTANDEN, FÜRSTIN BUKUBUKUCHAGAMA!
FÜRST AINZ HAT BEFOHLEN, DASS WIR DIE PAUSEN EINHALTEN.
NACHMITTAGS GEHT'S WEITER!
VERSTANDEN. ICH ENTSCHULDIGE MICH.
ICH WÜRDE GERNE NOCH MEHR VON FÜRSTIN BUKUBUKUCHAGAMA HÖREN...
WAS SAGT SIE WOHL ZU DEN ZEITEN, DIE ICH NICHT EINSTELLEN DARF?
7:21 ODER 19:19
NO!
MEISTERIN AURA.
WIE IHR GEWÜNSCHT HABT...
... BRINGE ICH EUCH EIN HAMBURGERMENÜ!
WUFF!
Pestonya S. Wanko
ICH HAB GAR KEIN LECKERLI DABEI...

ESSEN! ESSEN!
FREU FREU
KICHER
DAS WIRD SPASSIG!

Interpretative Notizen des Overlords

Erklärungen Kapitel 18

Sozialsystem der Echsenmenschen

蜥蜴人の社会制度

リザードマン

Über die Klassengesellschaft

Die Echsenmenschen leben in getrennten Stammesgemeinschaften, die jede für sich eine Klassengesellschaft bilden, in der ein Stammeshäuptling an der Spitze steht. Der Häuptling wird nicht über Abstammung ermittelt, stattdessen wird bei einem stammesinternen Ritual der Stärkste für den Posten des Häuptlings ausgewählt. Dieses Ritual wird regelmäßig alle paar Jahre abgehalten.

Unter dem Häuptling steht der Ältestenrat, der aus den ältesten Stammesmitgliedern besteht und dessen Aufgabe es ist, den Häuptling zu unterstützen. Unter dem Ältestenrat steht die Klasse der Krieger und darunter die normalen Männer, Frauen und Kinder.

Unabhängig von den Klassen gibt es noch mehrere Untergruppen. Zunächst die Ritualgruppe, die aus Druiden besteht. Sie trifft Voraussagen und warnt vor Gefahren. Sie unterstützt den Stamm als Ganzes. Als Nächstes kommt die Jagdgruppe, die aus Waldläufern besteht. Sie geht nicht nur auf Fischfang, sondern unterstützt die anderen darüber hinaus beim beschwerlichen Leben an Land. Anders als andere Echsenmenschen dürfen Mitglieder dieser Gruppe eigenständig Entscheidungen fällen, sie müssen sich aber dennoch an die Befehle des Häuptlings halten.

Ausnahmen des Klassensystems

Es gehört zur Gesellschaft der Echsenmenschen, dass man sich einem Häuptling unterordnet, doch es gibt auch Ausnahmen: die Wanderer.

Im Grunde bleiben Echsenmenschen, sofern es besondere Umstände es nicht verhindern, ihr ganzes Leben am Ort ihrer Geburt und in ihrem Stamm. Nur sehr selten gibt es Echsenmenschen, die in die weite Welt hinausziehen möchten. Echsenmenschen, die sich von ihrem Stamm getrennt haben, werden Wanderer genannt und müssen sich nicht länger an die Regeln ihres Stammes halten. Damit verlieren sie jeglichen Schutz durch ihren Stamm und tragen auf ihrer Brust ein Brandmal zum Zeichen ihrer Abtrünnigkeit.

Da die Echsenmenschen normalerweise in sehr abgeschlossenen Stammesverhältnissen leben, werden Wanderer selten willkommen geheißen. Daher muss ein Wanderer, wenn er zurück in einen Stamm möchte, stets zu seinem eigenen Stamm zurückkehren. Doch eigentlich ist es nicht üblich, dass ein einmal aufgebrochener Wanderer jemals wieder zu seinen Stamm zurückkehrt.

Das ist einer der Gründe, warum ein Echsenmensch nach seiner Wanderschaft immer noch als Fremdkörper in seinem Stamm angesehen und von vielen Stammesgenossen verachtet wird.

...
GLUCK
GLUCK
GLUCK
PRUST
BAMM
Episode:17
OVERLORD
DIE IST GANZ SCHÖN SCHLECHT DRAUF...
WUPP WUPP
SIE SOLL SICH EINEN SCHRECKLICHEN PATZER GELEISTET HABEN...
OHO...
WAS IST DENN LOS, SHALLTEAR?

TADAH
VIELLEICHT ÜBERLÄSST DU DAS ALLES EINFACH MIR...
... ECLAIR ECLEIR EICLER, DEM ZUKÜNFTIGEN (PLANE ICH ZUMINDEST) HERRSCHER VON NAZARICK!
NEIN, IST SCHON GUT.
Siedlung der Rotaugen

ICH BIN ZARYUSU SHASHA VOM STAMM DER GRÜN-KLAUEN...
ICH MÖCHTE MIT DEM HÄUPTLING DER ROT-AUGEN SPRECHEN!
BRABBEL
»GRÜN-KLAU-EN«?!
WAS WILLST DU HIER?!
LASST MICH DURCH!
WUSCH
DER RITUAL-HÄUPTLING?
QUIETSCH
...

ICH BEGRÜSSE DICH NICHT ...
... ABER ICH LASSE DICH DIE ZUSAMMENBRINGERIN DER STÄMME TREFFEN.
DIE »ZUSAMMENBRINGERIN DER STÄMME«?
DAS IST NICHT DER HÄUPTLING, ODER?
...
ZIEMLICH DÜSTER HIER...
ICH BIN ZARYUSU SHASHA VOM STAMM DER GRÜNKLAUEN...
ICH WERDE JETZT EINTRETEN!

GUT, DASS DU GEKOMMEN BIST!
RAUCH
ZACK

WUSCH
FÜR DICH, DEN TRÄGER VON FROST-SCHMERZ, EI-NEM DER VIER SCHÄTZE...
... SEHE ICH ALS ALBINO BESTIMMT SELTSAM AUS.
NICK
KNURR
!
Paarungsruf
WIE...?
ÄH... ALSO...
ZUCK
ZUCK
ZAPPEL
SCHOCK
ÄH, NEIN!

NEIN... G... GAR NICHT...
ALSO...
B...BITTE BERUHIGE DICH!
PATSCH
PATSCH
WIR SEHEN UNS ZUM ERSTEN MAL...
ICH HEISSE ZARYUSU SHASHA UND BIN EIN WANDERER DES STAMMES DER GRÜNKLAUEN.
ICH VERTRETE DEN HÄUPTLING DES STAMMES DER ROTAUGEN.
ICH HEISSE CRUSCH LULU!
FREUT MICH...
SO FORMELL MÜSSEN WIR AUCH NICHT REDEN.
BITTE ENTSPANNE DICH DOCH!
DANN FRAGE ICH GLEICH...
... AUS WELCHEM GRUND DU HEUTE GEKOMMEN BIST...
ACH...
OBWOHL ICH DA SO EINE IDEE HABE...

WEGEN DES UNTO- EN VOR N PAAR TAGEN ...
BITTE HEIRATE MICH!
WAAAS?!
ICH WEISS, DAS WAR NICHT DER RICHTIGE MOMENT.
ÄH...
JA, ICH...
ABER DAS ÄNDERT NICHTS AN MEINEN AUFRICHTIGEN GEFÜHLEN.

IN DIESER NOTSITUATION... TUT MIR LEID.
DU KANNST MIR GERNE SPÄTER EINE ANTWORT GEBEN.
WA...?
WAS IST DAS FÜR EIN KOMISCHES MÄNNCHEN?
ZUCK ZUCK
W...WARUM BEWEGT ER SICH ÜBERHAUPT NICHT?!
IST ER ES GEWOHNT, WEIBCHEN ZU BETÖREN?
IN DER TAT SIEHT ER GAR NICHT SCHLECHT AUS...
BOMM
ZUCK ZUCK
DU BIST WIE WEISSER SCHNEE IN DEN BERGEN...
WAS DENKE ICH DENN DA?!
WILLST DU MICH ALBINO ETWA AUFZIEHEN?!

EINE WUNDERSCHÖNE FARBE!
WA...?
WAS REDET DIESES MÄNNCHEN DENN?!
ERRÖT
FATSCH
FATSCH
FATSCH
FATSCH
FATSCH
WAS REDEST DU DA?!
ES IST EBEN LIEBE AUF DEN ERSTEN BLICK...
VIELLEICHT WERDE ICH BEIM NÄCHSTEN KAMPF STERBEN.
DAHER MÖCHTE ICH NICHTS BEREUEN MÜSSEN.

DU BIST BEREIT ZU STERBEN, OBWOHL DU FROSTSCHMERZ BESITZT?
HAST DU DAS MONSTER GESEHEN, DAS DIE NACHRICHT GEBRACHT HAT?
JA.
SELBST GEGEN DIESES MONSTER KÖNNTEN WIR NICHT GEWINNEN.
ES STRAHLTE ETWAS AUS, DAS DEN GEIST VERWIRRT...
BESTIMMT KÖNNTE MAN ES NUR MIT WAFFEN VERLETZEN, AUF DIE MAGIE GEWIRKT WURDE.
WIR... UNSERE DRUIDEN KÖNNEN WAFFEN KURZZEITIG MIT SO EINER MAGIE VERBESSERN.
UND EIN SCHUTZ GEGEN DEN ANGRIFF AUF DEN GEIST?
VOR VERWIRRUNG KÖNNEN WIR AUCH SCHÜTZEN.
ALLERDINGS WÄRE ES BEI MEHREREN KÄMPFERN SCHWIERIG...
ANSCHEINEND IST SIE KOMPETENT GENUG, DEN HÄUPTLING ZU VERTRETEN...
ICH VERSTEHE...
ALS WIEVIELTE GEGNER SOLLT IHR DEM MONSTER ZUFOLGE ANGEGRIFFEN WERDEN?
ES SAGTE, WIR WÄREN DIE VIERTE OPFERGABE.

UND... WAS WOLLT IHR UNTERNEHMEN?
WIR KÖNNEN GEGEN DIESEN FEIND NICHT GEWINNEN...
UND ER FRAGT DAS, OBWOHL ER ES WEISS...
...
GLAUBT IHR, DASS IHR WIEDER...
... NORMAL LEBEN KÖNNTET, WENN IHR VOR DEM FEIND FLIEHEN WÜRDET?
JA, DAS WÄRE SCHWER.
UND ES GIBT NUR WENIGE ORTE, AN DIE WIR UNS ZURÜCKZIEHEN KÖNNTEN.
WENN DIE FÜNF STÄMME IN DIESEM GEBIET SICH AN EINEN ORT ZURÜCKZIEHEN WÜRDEN...
... WÜRDE ES AUF JEDEN FALL STREIT UM NAHRUNG GEBEN.
DU...
... WILLST DOCH NICHT DIE ZAHL DER HUNGRIGEN MÄULER VERRINGERN?!

ANSTATT SICH GEGENSEITIG WEGEN NAHRUNG ZU ZERFLEISCHEN...
... WÄRE ES DOCH BESSER, EINEN TEIL KÄMPFEN ZU LASSEN, ODER?
DRÜCK
VOR ZWEI JAHREN...
... ALS DIE ANDEREN STÄMME UNTEREINANDER KÄMPFTEN...
... KAM ES AUCH INNERHALB DES STAMMES DER ROTAUGEN ZU STREITIGKEITEN UM NAHRUNGS-MITTEL.

ALLEIN MIT DEN FRÜCHTEN DER BÄUME, DIE DURCH DIE KRAFT...
... DER DRUIDEN ENTSTANDEN, KONNTEN WIR NICHT ALLE ERNÄHREN ...
DA BRACHTE ...
... DER HÄUPTLING UNS FRISCHES FLEISCH...
ICH DENKE, ALLE...
... WUSSTEN, WAS DAS FÜR FLEISCH WAR.
DER HÄUPTLING BRACHTE IMMER FRISCHES FLEISCH...
... NACHDEM EIN VERBRECHER AUSGESTOSSEN WORDEN WAR.
DOCH WEGEN DER STRIKTEN REGELN UND EINEM HÄUPTLING ...
... DER ALLE VERBRECHER VERBANNTE, WUCHS DIE ZAHL DER UNZUFRIEDENEN.
EINES TAGES GAB ES EINEN AUFSTAND...
UND ICH WURDE AN DIE SPITZE GEHOBEN, WEIL ICH RITUALKRÄFTE BESITZE.

DANACH HATTE SICH...
... DIE ZAHL DER STAMMESMITGLIEDER VERRINGERT UND ES GAB KEINE NAHRUNGSMITTELKNAPPHEIT MEHR?
WELCH EINE IRONIE ...
TROPF
ALS DEM HÄUPTLING ...
... DER TODESSTOSS VERSETZT WURDE, HAT ER MICH ANGELÄCHELT ...
ES WAR EIN SCHÖNES, BREITES LÄCHELN...
DER HÄUPTLING WUSSTE, DASS ES IRGENDWANN SO WEIT KOMMEN WÜRDE.
DAVON BIN ICH ÜBERZEUGT.
DER HÄUPTLING HAT ALL DEN ZORN AUF SICH GENOMMEN UND IST GESTORBEN...
... NUR DAMIT WIR JETZT ALLE LEBEN KÖNNEN...
NIEMAND WEISS, WAS MAN SONST HÄTTE TUN KÖNNEN.
SCHNIEFF
WIR MÜSSEN EINFACH WEITERMACHEN.
WENN WIR STEHEN BLEIBEN, WERDEN WIR NUR WEITER VERLETZT.

ENTSCHULDIGE, DASS ICH MICH SO ERBÄRMLICH VERHALTEN HABE.
DAS HAST DU NICHT!
ABER WAS WERDEN DIE ROTAUGEN JETZT TUN?
...
WUSCH
LASS MICH NUR EINES SAGEN...

WIR WERDEN NICHT KÄMPFEN, UM ZU STERBEN...
WIR KÄMPFEN, UM ZU SIEGEN!
WENN WIR SIEGEN, WIRD DAS ALL UNSERE PROBLEME LÖSEN.

ER IST WIRKLICH SEHR NETT...
WUSCH
WIR ROTAUGEN WERDEN...
... DICH DABEI UNTERSTÜTZEN!

ICH WERDE DAS LÄCHELN DES HÄUPTLINGS...
... NICHT SINNLOS VERGEUDEN!
ES SOLLEN SO VIELE MEINER KAMERADEN WIE MÖGLICH ÜBERLEBEN!
ICH DANKE DIR.

SCHEPPER
SCHEPPER
GAR NICHT ÜBEL.
HM...
ABER...
... EIN OBERSCHEN-KELKNOCHEN VON 120 CM LÄNGE FEHLT NOCH.
ICH KÖNNTE IHN ERSETZEN, ABER ALS GESCHENK FÜR EINEN ERHABENEN REICHT DAS NICHT...
WUSCH
MEISTER DEMIURG!

ICH HABE DIE HAUT ABGEZOGEN.
GUT GEMACHT!
WEITER MIT DEM NÄCHSTEN SCHRITT ...
EINFACH SO KÖNNEN WIR ES FÜRST AINZ NICHT ÜBERREICHEN.
TAPP
TAPP
SCHWANK
WIE VIELE SIND DENN DABEI GESTORBEN?
KEINER.
SIE WURDEN NUR BEWUSSTLOS.
WENN MAN REGENERATIONSMAGIE WIRKT, KANN MAN IHNEN SOFORT WIEDER DIE HAUT ABZIEHEN.
DAS KLINGT FANTASTISCH!
ES IST GAR NICHT SO LEICHT, GUTE ZUTATEN ZU SAMMELN...
...
ICH WERDE...

ACH, SO EINER IST DAS ALSO...
NA GUT... DANN FRAGE ICH DICH, PULCINELLA...
WIE WILLST DU SIE DENN GLÜCKLICH MACHEN?
GANZ EINFACH...
... VERSUCHEN, ALLE IN NAZA-RICK...
... GLÜCKLICH ZU MACHEN! SELBST DIE ZUTATEN!
MAN SUCHT SICH EINEN AUS UND SCHNEIDET IHM EINEN ARM AB.
DIE ANDEREN SIND DANN GLÜCKLICH, DASS SIE NOCH BEIDE ARME HABEN.
OH HO HO
UND UM DEN MIT DEM ABGESCHNITTEN ARM GLÜCKLICH ZU MACHEN...
... SCHNEIDET MAN EINEM AN-DEREN EINFACH EIN BEIN AB!
HO HO HO!
OHO!
OHO... ICH WERDE ALLE GLÜCKLICH MACHEN!
JAHA...
DAS ERGIBT IN DER TAT SINN.

BRABBEL
BRABBEL
ACH... GUTEN MORGEN.
ANSCHEINEND HAST DU DEN STAMM VERSAMMELT.
JA!
WIR SOLLTEN AUCH KRIEGER ZUM STAMM DER MESSERSCHWÄNZE SCHICKEN, DA SIE ZUERST ANGEGRIFFEN WERDEN.
GUTEN MORGEN.
RASCHEL RASCHEL

UND WARUM BIST DU HIER, CRUSCH?
ICH WOLLTE FRAGEN, WAS DU JETZT VORHAST.
ICH GEHE NOCH ZU EINEM WEITEREN STAMM...
... ZUM STAMM DER DRACHEN-KIEFER.
WEIL DIE STÄMME GEMEINSAM AM STÄRKSTEN SIND?
ABER DANN...
... SOLLTE ICH DICH BEGLEITEN.
WIE?
IST DAS SO SELT-SAM?
NICHT SELTSAM... ABER GE-FÄHRLICH.
RASHEL
RASHEL
ABER SIND WIR JETZT NICHT OHNEHIN ALLE IN GEFAHR?

...
KRATZ
RUHIG BETRACHTET SOLLTE ICH DAS JETZT VERNEINEN, ABER...
WAS IST DAS EIGENTLICH FÜR EINE VERKLEI-DUNG?
RASCHEL
ICH VERTRA-GE KEINE SONNE.
ALSO TRAGE ICH SO WAS, WENN ICH NACH DRAUS-SEN GEHE.
RASCHEL
UND?
DARF ICH DICH BEGLEITEN?
RASCHEL
SEUFZ
IN ORD-NUNG...
ICH VERLASSE MICH AUF DICH, CRUSCH!
LÄCHEL

DU SIEHST MÜDE AUS.
RASCHEL
WUMM
WUMM
ACH... ICH HABE DIE LETZTEN BEIDEN TAGE KAUM GE- SCHLAFEN...
RASCHEL
DAS SIND BEI DRUIDEN BELIEBTE LIKORI- CO-BEE- REN...
KAU AUF IHNEN HERUM!
STARR
HAPP
KAU KAU
MERKST DU, WIE DIE MÜDIGKEIT VERFLIEGT?
ABER EIGENTLICH IST SIE NOCH DA, ALSO VERLASS DICH NICHT ZU SEHR AUF DIE BEEREN.
HM... DANKE.

WIR SIND DA.
WILLST DU WIRKLICH SO HINEIN-REITEN?
WENN WIR DIE HYDRA MITNEHMEN, SORGEN WIR NUR FÜR NOCH MEHR AUFSEHEN.
DAS IST MEIN PLAN.
DER STAMM DER DRACHEN-KIEFER LEGT VIEL WERT AUF STÄRKE.
WENN WIR EINFACH VON RORORO ABSTEIGEN, WÜRDEN WIR DAMIT NUR STREIT PRO-VOZIEREN...
RORO-RO WIRKT HINGEGEN ABSCHRE-CKEND.
OHO...

ICH BIN ZARYUSU SHASHA UND ALS VERTRETER DES STAMMES DER GRÜNKLAUEN HIER!
ICH MÖCHTE DEN HÄUPTLING SPRECHEN!
KACHING
ICH VERTRETE DEN HÄUPTLING DER ROTAUGEN UND HEISSE CRUSCH LULU. ICH MÖCHTE EBENFALLS DEN HÄUPTLING SPRECHEN.
...
WUSCH
SCHÖN, DASS DU GEKOMMEN BIST, BESITZER VON FROSTSCHMERZ.

HEISST DIESES BRANDMAL ETWA...?

FREUT MICH, DICH ZU TREFFEN. ICH BIN...
EGAL!
SAG MIR EINFACH DEINEN NAMEN.
ZARYUSU SHASHA.
UND DAS HIER IST CRUSCH LULU.
RASCH
IST DAS ETWA... EIN MONSTER DER PFLANZENGATTUNG?
NEIN.
ICH SCHERZE...
WARUM SEID IHR HIER?
DARF ICH AUCH DEINEN NAMEN ERFAHREN?
JA.
ICH BIN HÄUPTLING DER DRACHENKIEFER UND HEISSE ZENBERU GUGU...
NENNT MICH EINFACH ZENBERU!

DANN NENN DU MICH BITTE ZARYUSU.
UND... ZENBERU?
IST ZU EUREM DORF AUCH VOR KURZEM EIN SELTSAMES MONSTER GEKOMMEN?
JA.
ES SAGTE, ES SEI DER GESANDTE EINES ERHABENEN.
WUSCH
NA, DANN KOMMEN WIR GLEICH ZUM PUNKT...
ICH WEISS SCHON, WAS DU SAGEN MÖCHTEST...
... ABER ...
... WIR VERTRAUEN NUR STARKEN KÄMPFERN!

WIE ...?
WENN DU WILLST, DASS ICH DIR ZUHÖRE ...
... DANN GREIF ZU DEINER WAFFE!
GRINS
EUER STAMM DER DRACHENKIE-FER IST...
ZACK
... WAHRLICH LEICHT ZU DURCH-SCHAUEN!
WIR HABEN KEINE ZEIT, DAHER WERDE ICH ES KURZ UND KLAR ENT-SCHEIDEN.
WAS FÜR EIN VON SICH ÜBER-ZEUGTER KRIEGER ...
VOM TRÄGER VON FROSTSCHMERZ HABE ICH NICHTS ANDE-RES ERWARTET.

NUN GUT!

GUTE ARBEIT BEIM ERRICH-TEN DES LAGERS.
ZACK
OH!
ICH HABE AUF DICH GEWARTET, GENERAL!
WUMM
FSSSH

Special Episode
OVERLORD
RASCHEL
RASCHEL
POMM
RASCHEL
RASCHEL
RASCHEL
HI... HE... MI...
DAS SIND ETWA HUNDERT STÜCK, ODER?

DAS SOLLTE ERST MAL REICHEN.
ABER WENN ICH SIE EINFACH LASSE, FRES- SEN SIE SICH GEGENSEITIG AUF...
Beschützer der zweiten Ebene der Großgruft von Nazarick Fürst der Furcht
HM?
KNABBER
KNABBER
KNABBER
WA...?!
SEIT WANN BIST DU HIER?!
KNABBER
KNABBER

W...WAS MACHST DU MIT MEINER SIPPE?!
SIE SIND KEINE LECKEREI FÜR DICH!
DIE SCHMECKEN GAR NICHT GUT.
Entoma...
Fürst Ainz verlangt nach dir.
JAWOHL!
ICH GEHE SOFORT ZU IHM!
STAPP
STAPP
...
FÜR INSEKTENBÄNDIGER GIBT ES NICHTS GRUSELIGERES...
... ALS EINEN KANNIBALEN!

ENTOMA...
TRITT VOR MICH!
BITTE VERRATET MIR, WAS MEIN AUFTRAG IST, FÜRST AINZ!
ALBEDO.
JA.
DU WEISST BESTIMMT ...
... DASS NAZARICK SIEDLUNGEN DER ECHSEN-MENSCHEN ANGREIFEN WILL, ODER?
DAVON HABE ICH GEHÖRT.
COCYTUS HAT DIESE AUFGABE ERHALTEN, NICHT WAHR?

DU SOLLST...
... COCYTUS DABEI BE-OBACHTEN.
JA?
DAS WÜRDE JA HEISSEN...
... DASS ICH AUFPAS-SEN MUSS, DASS COCY-TUS KEINE REBELLION ANZETTELT, ODER?
NACH DER SACHE MIT SHALL-TEAR IST DIE WAHRSCHEIN-LICHKEIT ZWAR NICHT GLEICH NULL...
... ABER...
... GLAUBST DU WIRKLICH, DASS SO EIN TREUER KRIEGER WIE COCYTUS MICH BETRÜGEN WÜRDE?
ENTOMA, DU WIRST UNS VON DER LAGE AUF DEM SCHLACHT-FELD BE-RICHTEN...
UND ZWAR VON EINEM KOMPLETT NEUTRALEN PUNKT AUS.

ICH HABE VER-STANDEN.
DU SCHEINST NICHT GANZ EINVER-STANDEN ZU SEIN.
N...NEIN, NATÜRLICH NICHT...
GUT. SAG MIR, WELCHE ZWEIFEL DU HEGST.
ICH...
... GLAUBE NICHT, DASS DIE SCHLACHT AUFREGEND GENUG WIRD, UM GENAU DARÜBER BERICHTEN ZU MÜSSEN...
DIE ECHSEN-MENSCHEN KANN COCYTUS DOCH MIT LEICHTIGKEIT AUSLÖSCHEN, ODER?
WIRKLICH?
ICH DENKE, EHER NICHT.
SO WIE ICH MIR DAS AUSMALE...
... WIRD COCYTUS VERLIEREN!

WOOH
Mein regelmäßiger Bericht.
WÜHL
Cocytus scheint den Siedlungen der Echsenmenschen gerade die Drohung geschickt zu haben.
Ansonsten ist nichts Bemerkenswertes passiert.

Ach...
Dann läuft ja alles wie vermutet.
Ja.
DER BERICHT IST FERTIG!
WÜHL
ALLES WIE VERMUTET?
IN DER TAT...
... GESCHIEHT ALLES, WIE FÜRST AINZ ES VORHERGESEHEN HAT.
KNACK
MACHT EUCH KEINE SORGEN, FÜRST AINZ!
ICH WERDE ...
... DIESEN KAMPF BIS ZUM ENDE BEOBACHTEN!

Interpretative Notizen
des Overlords

Erklärungen Kapitel 19

Schriftrolle der zweibeinigen Schafe

両脚羊の巻物（スクロール）

Schriftrollen

In der Welt, in der Ainz gelandet ist, gibt es mehrere Gegenstände, mit denen man eine Magie wirken kann. Ein Teil davon sind Schriftrollen, mit denen man einen eingeschlossenen Zauber ein Mal wirken kann. Diese sind zwar sehr nützlich, aber Verbrauchsgegenstände. Sollte einem also das Rohmaterial Schafsleder (natürlich können nicht nur Schafshäute, sondern auch kostbarere Häute wie die von Drachen verwendet werden) ausgehen, kann man sie nicht mehr herstellen.

Zweibeinige Schafe

Das Erstellen von Schriftrollen mit hochklassigen Magien, wie es in Yggdrasil möglich war, ist in der neuen Welt aufgrund des fehlenden Schafsleders nicht möglich, weswegen Demiurg auf der Suche nach einem Ersatz war. Dabei fand er heraus, dass man die Haut der Schafe, die auf zwei Beinen gehen, aus dem Heiligen Königreich im Südwesten des Re-Estize-Königreichs dafür verwenden kann. Um mehr Leder von zweibeinigen Schafen zu produzieren hat Demiurg auf den Aberion-Hügeln, in der Nähe des Heiligen Königreichs, eine Viehzucht aufgebaut.

Bauernhof für zweibeinige Schafe

Zweibeinige Schafe sterben, wenn man ihnen die Haut abgezogen hat. Da es schwierig ist, neue aufzutreiben, lässt Demiurg Heilungsmagie auf die gehäuteten Schafe wirken, damit sich die Haut nachbildet. Mit diesem Trick kann man demselben Schaf wiederholt die Haut abziehen.

Außerdem ist die Haut der jungen Schafe besser erhalten, weswegen Demiurg den Schafeltern befiehlt, ihren Kindern die Haut abzuziehen.

Um die Qualität der Waren zu erhöhen, plant Demiurg, die heteromorphen Wesen, die Orks ähneln und auf den Hügeln ansässig sind, mit den zweibeinigen Schafen zu kreuzen. Da jedoch die Orks nicht besonders attraktiv sind, scheinen die weiblichen Schafe nur wenig Interesse an ihnen zu haben. Deswegen plant Demiurg, die Schafe von seinen Untergebenen verzaubern zu lassen, um so eine Kreuzung zu erzwingen.

Irgendwie sind Demiurg die zweibeinigen Schafe des Heiligen Königreichs ans Herz gewachsen und er nennt sie auch »Aberion-Schafe«.

MIX
Papier aus verantwortungsvollen Quellen
FSC
www.fsc.org
FSC® C083411

CARLSEN MANGA

Aus dem Japanischen von Lasse Christian Christiansen
OVERLORD volume 5

First published in Japan in 2016 by KADOKAWA CORPORATION, Tokyo.
German translation rights arranged with KADOKAWA CORPORATION, Tokyo through TOHAN CORPORATION, Tokyo.
Redaktion: Britta Hellwig
Textbearbeitung: Steffen Haubner
Herstellung: Björn Liebchen

ISBN: 978-3-551-74178-3